Rita Ritinha Ritona

Obras do autor

Abismo de rosas
Ah, é?
Arara bêbada
Capitu sou eu
Cemitério de elefantes
Chorinho brejeiro
Contos eróticos
Crimes de paixão
Desastres de amor
Dinorá
Em busca de Curitiba perdida
Essas malditas mulheres
A faca no coração
Guerra conjugal
Lincha tarado
Meu querido assassino
Mistérios de Curitiba
Morte na praça
Novelas nada exemplares
Pão e sangue
O pássaro de cinco asas
Pico na veia
A polaquinha
O rei da terra
Rita Ritinha Ritona
33 contos escolhidos
A trombeta do anjo vingador
O vampiro de Curitiba
Virgem louca, loucos beijos

Dalton Trevisan

Rita Ritinha Ritona

EDITORA RECORD
RIO DE JANEIRO • SÃO PAULO
2005

CIP-Brasil. Catalogação-na-fonte
Sindicato Nacional dos Editores de Livros, RJ.

Trevisan, Dalton
D739r Rita Ritinha Ritona / Dalton Trevisan. –
Rio de Janeiro: Record, 2005.

ISBN 85-01-07232-X

1. Conto brasileiro. I. Título.

CDD – 869.93
05-0374 CDU – 821.134.3(81)-3

DISTRIBUIDORA RECORD DE SERVIÇOS DE IMPRENSA S.A.
Rua Argentina 171 – Rio de Janeiro, RJ – 20921-380 – Tel.: 2585-2000

Impresso no Brasil

ISBN 85-01-07232-X

PEDIDOS PELO REEMBOLSO POSTAL
Caixa Postal 23.052
Rio de Janeiro, RJ – 20922-970

Sumário

Maria, Sua Criada

Maria das Graças, sua criada. Sou lá dos mocambos do Recife. Minha mãe se finou de desgosto quando eu tinha 9 meses. De tanto que meu pai bebia. Assim que fiz 5 anos, ele morreu do coração.

Aí fui morar com uma mulher que me xingava de negra. Ela tinha umas filhas bonitas de cabelo liso comprido. O meu era pixaco, logo me chamaram de cabelo duro. E nariz de tomada. E beiço de gamela. Sofria muito na mão da madame. Ainda devia o tempo todo carregar o filhinho dela na cacunda.

Era casada com um oficial da Marinha e, quando eu tinha 13 anos, ele foi transferido para o Rio. Ao seu encontro, viajamos cinco dias de navio. Lá no convés era todo tipo de festa: você via peixe-voador, golfinho, gaivota. As pessoas faziam carnaval. Só que a minha patroa se encantou por um marinheiro e nunca estava com a gente, perdida sempre pelo navio.

Menos de um mês que a gente estava no Rio, a mulher fugiu com o marinheiro. O oficial embarcou os filhos para a casa da avó e mandou eu embora. Embora pra onde? Se não conhecia nadinha do Rio.

Fiquei trabalhando na casa de um amigo dele. A mulher era boa pra mim, eu limpava a casa, cuidava dos filhos dela. E tinha sempre o meu dinheirinho. Fiquei com ela até os 18 anos, quando aconteceu a pior coisa da minha vida.

Naquele tempo eu me vestia muito bem. Tinha vestido novo, sandália e chapéu. Um dia uma amiga lá do Recife me ligou chorando e contando a sua situação. Peguei o meu dinheiro, corri as lojas, comprei pra ela uma saia, duas blusas, uma anágua, duas calcinhas e um sutiã. Coloquei três notas num envelope. Fiz um embrulho com tudo isso e fui aonde o irmão dela trabalhava.

Ele era estivador no porto. Nesse dia eu saí num vestido de seda rosa com bolinhas brancas, a calcinha e o sutiã da mesma cor. Quando cheguei, Ribamar não estava, me mandaram sentar e fiquei esperando.

Ele voltou só de noitinha. Entreguei o embrulho. Me convidou para um café. Respondi que não, tinha de ir à casa de uma amiga. Ele falou então só um refrigerante, eu aceitei. Era boba e aceitava tudo. Se alguém mostrasse a mão fechada: *aqui tem ouro, aqui tem prata*, eu dizia sim, senhor.

Fomos a um bar ali perto. Eu me sentei e o irmão entrou na cozinha falar com o garçom, que trouxe um guaraná aberto pra mim e uma cerveja pra ele. Tomei tudinho e comecei a ficar zonza. Me sentia tão mal, quase não consegui ficar de pé. Ele me levou para um hotel e disse na portaria:

— Essa é minha mulher que chegou do Ceará. Ela está passando mal.

Eu escutava, mas não dizia nada. Não podia mexer o braço nem a perna nem a língua.

Fui acordar no dia seguinte. Quando estiquei o braço, quem estava ao meu lado roncando só de cueca? Dei um pulo e senti uma bruta dor lá embaixo.

O cara piscou o olho vermelho. Eu entendi o que tinha acontecido. No peito contei os sete pregos de uma ferradura pesada. Corri me atirar pela janela aberta.

Sempre fui muito católica. O meu sonho? Entrar de branco na igreja. Quando tentei me jogar, o tipo me segurou e começou a dizer que ficasse calma, ele gostava de mim, a gente podia casar, se gritasse vinha a polícia, aí seria pior, eu ia pra cadeia.

Se não bastasse também fiquei grávida. De vergonha, não voltei pra casa da minha patroa. Fui morar num quartinho com uma amiga que trabalhava na Pensão Guarani. Com aquela barriga eu subia e descia as escadas carregando vassoura, esfregão e balde d'água. Fatal: perdi o nenê de sete meses.

Aí no bar da pensão um mecânico me olhava muito. Todo mundo queria juntar a gente. Ele era bom para mim. Me trazia flor, bombom, corte de fazenda. E fui morar com o João. Tinha vontade de saber como era um homem e como era sexo. Tudo aconteceu quando estava dormida e não vi nada.

Só que não gostei. Não gostei nadinha de sexo. Tomei pavor de sexo. Mas fiquei grávida. Aí um amigo safado começou a fazer a cabeça do João. Dizia que era muito moço para ter mulher e filho.

Já estava de quatro meses quando eles trouxeram um enfermeiro. Me dar umas injeções de vitamina. O tal vinha todo dia. No terceiro eu comecei a perder sangue. Era uma sangueira só. Desesperada, corri até a Cruz Vermelha a duas esquinas de casa. O doutor me cuidou, medicou e salvou o bebê.

Dois dias depois voltei para casa numa hora que o João lidava na oficina. Juntei o que era meu e fui embora, sem me despedir.

Fiquei na casa de uma portuguesa que o médico indicou. Tinha um apartamento bem grande e alugava os quartos. Para mim sobrou o cimento da sacada. Ali me deitei até os nove meses.

Um dia fui para o hospital. Não sentia nada. Uma negra enorme era a parteira. Acendeu duas velas diante da imagem de Nossa Senhora do Bom Parto. Disse que só um milagre salvava mãe e filho:

— Você não tem dor. Já vazou todinha a bolsa. Precisa operar.

Me desmanchei no choro.

— Mas não se assuste. Não é cesariana. Só um corte na vagina.

Tudo pronto, e disse:

— Você tem fé?

— Tenho.

— Então vamo furá.

Me deram três injeções no braço, nas costas e na perna. Nasceu uma menina com quatro quilos e novecentos.

Fiquei cinco dias sem me mexer. Só me traziam o nenê para dar o peito. Eu não bulia nem falava. No sexto dia a servente veio me lavar os pontos: trouxe a água fervendo na bacia e esqueceu de misturar com a fria. Derramou na minha xoxota e queimou todinha.

Mais cinco dias no hospital. A portuguesa bem me queria, mas não o bebê. Então fui morar com uma velhinha que lavava roupa pra fora. Era um barraco sujo e cheio de buracos. De noite você escutava os ratos passeando pelos cantos. Uma barata roeu a cabecinha da minha filha.

Depois disso deixei a menina numa creche. E começou a pegar todo tipo de doença. Um dia cheguei mais cedo e descobri que lavavam todas as crianças na mesma água. Então a portuguesa aceitou a menina comigo no trabalho.

Aí foi bom. Arrumei uma caixa de papelão na cozinha: lidando e limpando, entre as duas era uma conversinha sem fim. Na hora dela mamar eu estava ali. À noite íamos dormir na casa da velhinha.

Um dia fui ao mercado comprar verdura. Encontrei uma mulher que tinha estado no mesmo hospital. Ela se lembrava de mim porque fiquei entre a vida e a morte. Me perguntou como estava e contei essas coisas. Ela disse:

— Ô Maria, por que não vem morar comigo? Minha mãe não me deixa nem fazer a mamadeira. Meu sonho é eu mesma criar a minha filha.

O casal se mudou para Santa Teresa e eu fui junto. Lá o quarto da empregada era fora. No fim do trabalho, podia ir pra *minha casa*. Tinha um colchão, o berço de Júlia e um fogareirinho a álcool para esquentar a mamadeira. Ela enjoou do peito. Todo dia eu descia e subia a ladeira buscando a carne fresca da sopa das meninas. A da patroa e a minha. O patrão era chefe dos garçons de uma churrascaria. A gente tinha carne todo dia.

Logo a Juju engordou e ficou bonita. Já viu um pão-de-ló bem fofinho? Era ela. Um domingo levamos as duas para o batismo. Na volta as comadres estavam preocupadas: se duas crianças vivem na mesma casa e são batizadas no mesmo dia e na mesma igreja, uma tem que dormir debaixo da cama para não tirar a sorte da outra. Lá foi a minha Juju para baixo da cama.

Uma tarde eu passava roupa esperando a patroa voltar. Aí o chefe dos garçons pediu que levasse um café. Só alcançar ali na térmica, ele não estava fazendo nada e eu passando roupa. Devia ter dito pra ele mesmo se servir. Era a criada e para agradar o patrão eu levei. Ele estava na rede. Fui entregar a xícara, não é que pegou o café e segurou o meu braço? Dei um pulo.

— O senhor me respeite. Mais que a criada, sou a comadre!

E saí correndo bem assustada.

Nesse tempo tratava da coluna com um médico que me convidou para trabalhar na casa dele. Aceitei por causa da história com o patrão. Esse doutor não queria a menina na casa. Então a deixei com umas comadres que eram costureiras. Ganhava três contos e dava dois para as comadres. Dormia na casa do médico e domingo a gente ia passear na pracinha.

Com o tempo notei as comadres diferentes. De repente não carecia mais pagar? Aí descobri. O que elas queriam? Tirar a Juju de mim. Claro, duas solteironas sozinhas e tristes: a pequena era um pintassilgo cantando pela casa. Trabalhadeira, ainda ajudava as duas.

Chegando lá, a menina sentava no meu colo. Dizia uma:

— Sai daí, você. Tenha modos.

E a outra:

— Não vê que sua mãe está cansada?

Bem que respondi:

— Mãe nunca tem cansaço pra filha.

Deixavam de molho a roupa da garota, assim não podia sair comigo. Daí eu trazia sempre um vestidinho na sacola. No banco da praça, lambendo o sorvete de morango, o anjo me perguntou:

— Por que eu tenho mãe e vivo na casa dos outros?

Contei isso para a mulher do médico. Aí ela disse:

— Sabe o que, Maria? Traz essa menina para cá. Você tem um quarto grande. Assim ela se cria com a mãe.

Cheguei bem cedo na casa das comadres. Quando abriram a janela, eu estava lá. Ia levar a menina pra ficar no feriado comigo. Disseram que não podia. Freqüentavam um terreiro de macumba e a Juju devia acender o cachimbo do Nego Véio.

— Pro cachimbo achem outra pessoa. Ela vai comigo.

— Não vai porque não vai! O Nego Vé...

— Vai, sim.

— Ah, é? Pois que leve e não traga nunca mais!

Achavam que não tinha onde deixar a Juju. Disse para a menina arrumar suas coisas. Então a praguejaram de falsa, traidora, ingrata. Em despedida, rasgaram todos os livros e as roupas do anjo.

Assim a minha filha, aos 12 anos, passou a morar comigo. Em todo esse tempo tinha estudado nos melhores colégios. Tudo o que ganhava eu gastava com ela. Aí a patroa me disse para mudar o registro de filha de mãe solteira. Ia prejudicar os estudos e a carreira dela.

Botei na cabeça de procurar o pai da Júlia. Fui lá na mecânica e falei com o João. Não queria nada de dinheiro, só a minha filha com o nome do pai. Pediu para ver a menina. Achava que podia não ser dele.

Quando olhou a Júlia, foi um susto. Era igualzinha na cara e na altura. Os dois têm um metro e setenta e três. Depois a gente começou a conversar. Havia casado, com dois filhos. Numa boa aceitou a Juju — e a mulher dele também. Agora a menina tinha uma nova família.

Um dia o João falou que se arrependia de não ter casado comigo. Era dona de grande personalidade. Não sabia o que era personalidade e fiquei ofendida. Daí perguntei pra minha patroa, ela explicou que era elogio.

Então consegui uma bolsa de estudo para Júlia. Com a economia aluguei um barraco velho. Primeira vez na vida tinha uma casa e era independente. Comecei a trabalhar de diarista e comprei tudo pro barraco. A menina ganhou um armário de cinco portas com espelho. E uma cama com guarda dourada. Era um barraco por fora e um castelo por dentro.

Com a Júlia saía para as compras. Me fornecia de tudo no mercado: só podia ser mantimento seco, não tinha geladeira. A gente trazia arroz, feijão, farinha, leite em pó, açúcar, bolacha, macarrão, azeite. A carne eu preparava no mesmo dia e bem fritinha para durar mais.

Às vezes eu ia com umas amigas num bailão. Lá conheci um rapaz que se apaixonou por mim. Eu tinha mais de 30 e o Bené menos de 20. Então nem ligava pra ele. Mas de tanto insistir, acabou vindo morar comigo. Só que deixei bem claro:

— Tenho uma filha. Se tocar nela, já sabe. Está morto!

O rapaz era lá do Maranhão. A mãe viúva tinha quatro filhos. Um dia se juntou com um cara. Ele disse que só queria ela. Os filhos, não. Daí ela deu um filho para cada família. E a do Bené veio para o Rio. Ao chegarem, o barraco era muito pequeno para todos — e largaram o piá na rua.

Mas ele foi à luta e viveu. Não tinha documento e o levei para tirar carteira — ser uma pessoa no mundo. Com a identidade na mão, Benedito da Silva se ajoelhou para me agradecer.

Um dia fiquei grávida. Ele, todo feliz. Trabalhava de pedreiro e, quando recebia, gastava tudo no bar. E eu:

— Você tá bebendo o leite da tua filha!

Como diarista ganhava mais que ele. A Júlia bem faceira quando soube que ia ter uma irmãzinha.

O Bené ficou até que a Dulce fez cinco anos, aí a gente se separou numa boa. Quando ela fez dez, o pobre morreu de tanto beber.

A Júlia casou com um dentista que também bebe. A bebida parece que persegue a gente. Antes dela casar, eu falei:

— Não case, minha filha. Escute a tua mãe. Que vê mais longe.

Casou mesmo assim. O amor, essa coisa, sabe como é. Gosto do meu genro. Bom dentista, mas bêbado.

Daí comecei a trabalhar na casa dum empresário. Um dia ele avisou que se mudava para Curitiba, eu não queria ir junto? Um bom emprego estava dizendo adeus. Então eu vim.

Primeiro foi aquele sofrimento de saudade das filhas. A Dulce já estava noiva. Um dia ela disse para o moço:

— Não vou casar, não. Eu quero ficar com a minha mãe.

E veio morar comigo, não é bonito? Cinco anos que estamos aqui. Só não me acostumo com esse frio desgracido. A Dulce é doutora e faz mestrado. Ficou noiva de um peruano, já pensou?

O patrão e eu brigamos todo dia. Mas um respeita o outro. Agora não deixo ninguém me enganar nem maltratar. Ele diz que sou pessoa da família. Mas eu respondo:

— Sou, não. Aqui sou criada. Família é outra coisa.

Bem eu gosto me considere da sua gente. Já não sou uma pobre coisa.

Filho Ingrato

Ele tem três filhas e um filho. Ao ficar viúvo, nenhuma das filhas, casada ou solteira, quer acolher o velho. No coração delas não há um quartinho para ele.

Internar num asilo o pai da gente é sempre chocante. Assim pensa o filho e, apiedado, consulta a esposa. Boa moça, concorda em recebê-lo: o velho é fofinho, bem-falante, barba toda branca.

E se revela boa companhia. O filho ocupado nos negócios ou jogando boliche, a moça e o velho entretidos em casa. Ele não se ergue da mesa sem elogiar o tempero dos pratos — e a branca mãozinha que os preparou. Ela passando roupa ou costurando, ele a diverti-la com suas mil histórias. Sabe fazê-la rir. E sabe mais: a arte de escutá-la preso aos seus lábios — o enlevo é tanto pelos lábios como pelas palavras. E tem todo o tempo do mundo.

Com a intimidade, recorda as suas aventuras amorosas. Embora entrado em anos, conserva toda a força do homem. Basta que a moça pense nos patriarcas da sua Bíblia — o famoso Lot, viúvo da estátua de sal. Ébrio de vinho e amor, consolado pelas filhas, primeiro uma, depois outra... Assim as jovens bem aliviaram as tristezas do santo velhinho.

Apesar da barba é moço, ele também. De corpo, alma e coração. Dorme pouco e mal: olhos abertos no escuro, visitado das lembranças de suas amiguinhas de jogos eróticos.

Cada vez mais ousado nos detalhes picantes, as insinuações de duplo sentido, que a confundem e — por que não? — deliciam. É verdade que se demora a espiá-la, embevecido. Ela percebe os longos olhares suplicantes às suas graças e prendas: os lábios carnudos, os seios saltitantes à vontade, sem sutiã.

Pode ser lisonjeiro — afinal um pobre velho inofensivo — porém embaraçoso e perturbador. Mais de uma noite se recolhe ao quarto, afogueada e trêmula. Uma calcinha rendada que sumiu, onde foi encontrá-la? Na gaveta do nosso velho, escondida sob as camisas.

Lidando nas tarefas domésticas, ela sente a cosquinha de dois olhos em brasa que lhe escorrem pela nuca.

Encontra-o vendo e revendo o álbum da família e adivinha, ó meu Deus, que a deseja desde menina — antes de conhecê-la! —, ali no vestido branco da primeira comunhão.

É paixão furiosa que envolve a casa, atravessa as paredes, persegue-a sob os lençóis. Surpreende-se admirando no espelho o próprio corpo cobiçado pelo velho. Bem suspeita que ele a fresta no banho pelo buraco da fechadura — e nada faz para encobri-la.

Ah, como era enervante aquela adoração silenciosa. Por que, de uma vez, erguendo-lhe a blusa, não esgueirava ele a mão trêmula...

Até que um dia, louco amor ou luxúria senil, o velho se transfigura.

Mal o filho sai, ele já se insinua com a moça. Se está costurando, ele senta-se ao lado, pousa-lhe de leve a mão na coxa — esse gemido de prazer é da mão ou da coxa? Cozinhando ou lavando roupa, ele se chega por trás e — sem encostá-la — respira forte o perfume da negra cabeleira: o passeio de duas patinhas furtivas arrepia o seu pescoço nu.

Bem que ela se defende, escandalizada. Afasta-o com as mãos e gritos abafados — que os vizinhos não escutem.

Envergonha-se de contar ao marido o assédio do pai. O rapaz é violento, uma tragédia na família, já pensou? O velho não se emenda, sempre mais audacioso. Ela ameaça denunciá-lo, se não aprende a respeitá-la.

E sabe o que responde? Pode contar. Ele dirá ao filho quem se oferece é ela. Ao sentar-se, ergue a barra da saia até a coxa — só para provocá-lo. E nele esfrega os joelhos debaixo da toalha.

Confusa, não sabe o que fazer. A perdição do velho, tão suplicante e faminto de carinhos, bem que a aflige e comove. O amor, essa coisa, sabe como é. Por vezes acha que demora a desviar-lhe a mão. Culpada se não cúmplice? Sem falar dos sonhos insistentes com um patriarca de longa barba branca.

Os seus avanços cada dia mais atrevidos — e se ela de repente, oh, não, um instante de fraqueza ou piedade... A salvação é tudo revelar ao marido:

— Agora é com você. Decida quem sai desta casa. Ele ou eu!

Indignado e furioso, o rapaz convida o pai a um passeio de carro. Sem aviso nem explicação, deixa-o no primeiro asilo de velhos: a única malinha já arrumada. Volta sozinho para casa. Evita o escândalo, a ninguém esclarece o motivo de sua decisão.

Desde esse dia execrado pelos parentes e vizinhos. Exemplo do ingrato, desnaturado, bastardo sem coração. A gente cria os filhos com tanto amor e depois...

A pobre moça livrou-se afinal do velho, mas não dos sonhos — desta vez nem uma palavra ao marido. Neles, o sogro a envolve por trás, beija-lhe suavemente a nuca.

Ou atira-a com violência na cama. E cobre-a (terceira filha de Lot) na sua longa barba branca.

A Vergonha do Ladrão

Sou viciado em craque, eu confesso. Faz três, quatro anos? Sempre tive tudo na vida. Não sei por que me perdi. Estudei nas melhores escolas. Trabalhei em escritório. Até motoboy eu fui.

Estive internado em quatro clínicas, duas particulares. Não havia mais saída. O vício me dominava por inteiro. Era todo dia.

Aí resolvi ir pro litoral. Eu gosto de surfar. Quis ver se me livrava da droga.

Lá conheci uma moça. Três meses no bem-bom da sua casa. Minha mãe telefona, eu digo que estou em tratamento. E precisando pagar médico e clínica. Cinco mil paus. Ela concordou, o que a pobre não faz por mim?

Vim pra Curitiba pegar esse dinheiro. Pensei de fumar cem paus, sozinho num motel. E voltar pra moça. Riquinho.

De repente havia se passado uma semana. Ali estava eu no motel — e sem mais um centavo no bolso. Já não havia saída.

Você acende a pedra — e queima junto com ela. Pode contar: um, dois... nove segundos. O tiro explode o tampo da tua mioleira. Com um baque retinindo na nuca — *tuíímmm!*

É o êxtase, o pico da brisa, o paraíso achado.

Ai, não. Uns minutinhos... Pronto, acabou! E lá vem a fissura, o delírio, a deprê, o ataque de pânico — e você fala com a maçaneta da porta.

Daí só quer e pensa em dar mais uns tiros. Emparedado. Na cafua do teu inferno. Entre o cachimbo e a chama. É o fundo do poço — a Nóia!

Um escravo da pedra. Todas as pedras do mundo são poucas pra você. O dinheiro inteirinho sumiu. E agora, maldito polegar amarelo?

Comecei a andar pela rua. No ponto de ônibus pedia — *para inteirar a passagem!* — uma moeda a cada pessoa. Daí eu vi que assim nunca chegava aos cinco reais de uma pedra.

Avistei essa moça levando na mão o celular. Nem quis saber de modelo ou marca. Fui atrás dela. Uma de cavalo-louco: arrancar da mão e atropelar tudo pela frente. É choque de adrenalina. Você dá o bote — e até as árvores da rua saem gritando pra te pegar.

A garota olhou pra trás e se assustou. Pronto escondeu o celular na cintura.

Prevenido, eu trazia no bolso um cachimbo. Na rua do cemitério não vi ninguém por perto. Pulei na frente:

— Moça, me dá o celular.

Ela me olhou firme:

— Não dou, não. Já levaram uma vez. Agora não dou.

Com a mão no bolso, mostrei o volume do cachimbo.

— Quero já o celular. Estou armado. E passando situação difícil.

E não é que a fulaninha:

— Eu também estou.

— Cuidado, moça. Sou um cara desesperado. Não me force a uma loucura!

Ela viu os meus olhos vidrados. Sem mais resistência:

— Aqui está.

E entregou o celular.

Três passos e, ao entrar no cemitério, ouvi os pneus freando. Sai dessa, cara: um carro da polícia.

Agora, sim, era o fim. Nunca tinha sido preso na minha vida. Filho de pais amorosos. Sempre estudei e trabalhei. Meu tio é diretor de empresa. Assim o meu pai, já falecido.

E hoje? Sou uma desgraça e uma vergonha para toda a família. Eu, quem diria, assaltando. Uma moça. E bonita! Sabe você qual a agonia para queimar uma pedra? Sem ela é o corpo lavado de suor frio, a tremedeira, o delírio — aranhas peludas e baratas leprosas subindo pelas tuas pernas.

Me levaram para o distrito. Só tem bandido. Hoje sou visto como um deles pela sociedade. Eu que não fumo, não bebo, não uso gíria.

Foi o que me prejudicou na cadeia. Lá o que eu era? Não um bandido, mas a vergonha do ladrão. (E ser ladrão não é vergonha?) Porque sabia falar e era educado. Escreva sem erro e eles sentem raiva de você. Nem me deixavam quase comer.

No dia da fuga, pelas cinco da manhã, fui acordado. Já não podia dormir com a própria manta, por ser a ovelha negra da cadeia.

Dois acabavam de serrar a grade. Os outros me botaram de pé no quadrante. Ali, o primeirão. Se o carcereiro espiasse, eu que me ferrava. Você me viu? Nem ele.

Sete presos pularam o muro. Daí pulei junto. Mais um pouco, estava na rua.

Não tive coragem de aparecer diante da mãe. Fui para a casa de minha avó. Ela disse que não podia me receber. Era um ladrão. E um fugitivo.

Aí passei no apê da minha tia. Me pediu pra ficar na rua até arrumar um advogado. Assim eu respondia minha dívida numa clínica. Andei dois, três, não sei quantos dias perdido pelas ruas. Às vezes comia na casa de um colega.

Foi então que, em desespero, entrei num mercado para roubar uma barra de chocolate. Enfiei no bolso. Ninguém me viu.

Achei que era meu dia de sorte. No corredor de ferramentas afanei uma chave de boca para carro. Estava morrendo de fome: podia vender e comer num bom restaurante. Com a sobra — não quero mentir — comprar duas ou três pedras.

Ao sair de fininho, apitou o alarme. Dois seguranças me enquadraram. Fui levado para outro distrito. Sem erro, logo me identificaram. Era ladrão e fugitivo.

Graças à tia, vim para esta clínica. A mãe se desfez com prejuízo de uma casa para pagar minhas dívidas. E eu? Mereço todas essas lágrimas e esse sacrifício?

Bem capaz de, no mesmo dia em que sair, trocar a jaqueta nova por uma pedra.

Depois o tênis.

E, sem jaqueta e sem tênis, vender o meu corpo.

Você pode não acreditar: já fui bom moço. Um cara legal.

O Gringo

O Gringo aportou na ilha há uns vinte anos. Grande cabeça leonina. Baixo e parrudo. Barba branca esvoaçante.

Aventureiro, tinha feito de tudo. Mergulhador nos Mares do Sul à cata de pérolas. Três anos serviu na Legião Estrangeira. Caçador profissional em safáris na África. Nas paredes da sua casa, peles de leão e zebra. Cabeças de búfalo e rinoceronte.

É lá da Baviera. Ora, para os alemães, os bávaros são verdadeiros bárbaros. Deles é a dionisíaca Oktoberfest. E o nosso Rudolf seria o famoso javali selvagem das suas matas. Viciado em bebida, charuto, mulher gorda. Qualquer mulher.

A ilha é bastante isolada, com pequenas aldeias separadas por montanhas rochosas e terrenos agrestes. Quem tem plantação é porque trabalhou muito e duramente. Ele cultiva abacaxis.

Quando era sozinho — sem a Greta — festeava com as putas. Fagueiro transpunha no valoroso jipe as veredas estreitas e perigosas, subindo e descendo a montanha, até o pequeno porto. Não costuma tomar banho — nesse dia, tomava. Pimpão, de terno branco e gravata. Chapéu de palha. Perfume. Um maço de notas no bolso.

Fazia a festa — ou ele era a festa? Bebia. Puteava. Voltar era o problema. Cada vez um nativo vinha em socorro. Ora o jipe de ponta-cabeça à beira do precipício. Ou entalado no barranco. Ou de encontro a uma árvore. Como está vivo até hoje, ninguém sabe.

De madrugada, algum povoado acordava com a rouca buzina, gritos e palavrões guturais. Você já sabia — era o Gringo acidentado. Fácil de localizar: os fortes faróis do jipe de rodas pro ar.

Os ilhéus não atendiam de má vontade, não. Ele dava boas gorjetas. Mas não naquela hora. Nem naquele dia. Às vezes uma semana depois, quando se recuperava. Na hora do resgate era só insulto (que eles não entendiam) e pontapé. Punham o jipe na estrada e o Gringo na cama. Fechavam bem a porta e guardavam distância prudente da casa.

À casa o Gringo chama de Meu Castelo. Quando conheceu a Greta, loira de olho azul, alta e esbelta, que falava a sua língua, foi logo dizendo:

— Venha ver o Meu Castelo. Você tem de visitar o Meu Castelo.

Ela foi. O Gringo descreveu uma vivenda na praia, com aragem fresca, muita sombra e vista paradisíaca Ela imaginou paz, fartura, vida mansa. O tal Castelo era uma choupana no meio do deserto.

Encontrou, à sua espera, muito trabalho na preparação da terra para os abacaxis. Como chegar à praia? Só de jipe — e praia não há. Apenas rochas e despenhadeiros. Muito sol e pouca brisa. A paisagem eram as pedras que ela (o amor, essa coisa, sabe como é) com as mãos tinha de arrancar da terra.

A mulher anterior do Rudolf, se bem que trabalhadeira, foi por ele iniciada no uísque. E passou a beber até cair. Ora, ele gosta de boa companhia, mas não de borrachos. E expulsou-a do Castelo.

Após anos de labuta na terra difícil, com a plantação próspera de abacaxi, o Gringo resolveu fazer uma garagem para o jipe. Quando a Greta viu o esqueleto da garagem, bem ficou desconfiada: era cheio de janelas. Foi o primeiro dos cinco bangalôs que ele construiu para hóspedes. Assim nasceu a Pousada do Castelo, contra a vontade da Greta. Além dos abacaxis, agora são os clientes para atender.

O jipe até hoje não tem garagem. Cada garagem nova se transformava em bangalô, para o desespero dela. Menos mal: quando brigam, a Greta se muda para o melhor. Até ele vir pedir que volte. Não que esteja arrependido: sente o aroma capitoso das iguarias através da porta fechada.

Num dia de sol o Gringo e um peão assentavam telhas e bebiam. Não, ninguém rolou do telhado. Fim do serviço, trocaram a cerveja pelo uísque dentro de casa. O camarada foi embora e ele continuou bebendo. De volta, a Greta o encontrou emborcado no tapete branco de urso. Inerte. Duro.

— Morreu. O meu Rudy. Está morto — disse alto.
— Que Deus me acuda!

Um hóspede ajudou-a deitá-lo na cama. Impossível movê-lo sozinha. O médico não estava na ilha.

Manhã seguinte, ela com dor de cabeça, o Gringo se levanta faceiro. Alegre, rejuvenescido. Assobiando.

Nem sombra de ressaca. Ela inicia um sermão sobre a bebida.

— Nada de bebida — diz ele. — Foi o sol!

Foi o telhado. As malditas telhas. Mas beber, nunquinha. Não faz mal. Basta olhar pra ele.

Uma vez por ano, Greta visita a família num cantão suíço. Tão logo chega, começam os telefonemas aflitos: o que está fazendo? na companhia de quem? quando volta? Durão, jamais fala em saudade. Sempre os abacaxis e os hóspedes que reclamam a sua presença. E te confidencia:

— Aqui, sem ela, você pode morrer de unha encravada!

Greta queria trazer de lá um galo de raça especial. Aninhou-o numa bolsa e passeava com ele para se acostumar. Não é que, na hora mais imprópria, o galo botava a cabeça para fora e cocoricava triunfante?

Desesperada, no dia da viagem ela o empanturrou de miolo de pão embebido em conhaque. O galo dormiu no avião o tempo todo. Não soltou um pio. E continuou dormindo o dia seguinte. Tornou-se compadre do Rudy e seu melhor sócio de bebedeira.

Homem, segundo a Greta, pensa o tempo todinho em sexo. Fazem amor uma vez por semana — pelo Gringo, seria a cada cinco minutos. Ele com 75 anos e ela, 78.

Quando a pobre fica doente de cama, o Gringo se remorde de raiva e desespero:

— Lá se vai a vez desta semana!

Ela, gemendinha, com dores, quase agonizante. E o nosso javali bávaro rondando a porta do quarto:

— Não vai dar mesmo pra fazer nada?

Depois do galo foi a vez dos gatos. Ele pagou uma fortuna pelo primeiro, que sumiu para nunca mais: comido pelos nativos? Outra fábula pagou pelo segundo, que não deixa sair do Castelo.

Greta odeia o gato. Pela casa inteira você vê almofadas para o distinto. Na mesinha da sala, sobre o piano, na estante, no balcão da cozinha, num canto do sofá, sobre a tevê. Marcando sua posse, mija por toda parte. Olfato sensível, Greta respira fundo na janela.

Não o Gringo, que nada sente. Esquece o aniversário dela, mas não o do seu príncipe, que ainda ganha presentes no Natal e na Páscoa: xampu, talco e perfume de marca. Um angorá de finíssimos bigodes ruivos, arrogante e prepotente, ares de lorde lá das gatas dele.

O brutalhão, sempre aos berros e palavrões, na hora do banho do gato se transfigura. Ouve-se então a voz mais melíflua, suspirosa, maviosa, que não teve para Greta nos melhores dias. Cada vez que ela a escuta quer estrangular o gato.

Nada faz porque ele pagou um saco de dólares pelo bichano mais as despesas de viagem. Sem falar na bruta depressão quando lhe faltou o primeiro. Nunca o viu tão prostrado.

Alguma coisa se perde na casa? A Greta acende uma vela para Santa Rita. Aprendeu com as velhas da ilha. Uma chave, a carteira, o óculo — e pronto uma vela brilha no pequeno altar. Sofrendo a zombaria do Gringo, que a chama de velha caduca e supersticiosa.

Até o dia em que o angorá sumiu — e nada de ser encontrado. O Rudy afundou na segunda maior depressão da sua vida. Tristinho e humilde, pediu que ela acendesse a famosa vela.

A Greta, claro, se recusou. Após muitos gritos, súplicas e perdões, acabou cedendo. E não é que o bichano apareceu, faminto, lambendo os longos bigodes de falso lorde?

Sobre a mesa da sala há um grande álbum de fotografias. Todas com ele exibindo as suas proezas. Ele com um crocodilo. Ele e o rifle na África pisando um leão ou búfalo. Na roupa negra de mergulhador. Saltando de pára-quedas. Pilotando a sua Ferrari. Montado a cavalo ou no jipe.

Terceiros aparecem no caso de mulheres bonitas de biquíni ou homens famosos. O explorador Cousteau, o cantor Iglesias, o ator Tognazzi. E — ula-lá — a fabulosa Dietrich.

Por último, uma do Castelo que agora é, de fato, um castelo acabado — até com a sua torre de pedra no estilo medieval, rendilhada de ameias e bandeiras coloridas ao vento.

Faz questão de te mostrar o álbum todinho:

— Eu fiz isso. Eu fiz aquilo. Aqui eu dançando tango com a Pampanini.

Por fim, uma careta e um berro, joga-o sobre a mesa:

— Um homem que alcançou tudo isso, o que mais pode esperar?

Com um murro, que estremece as feras de caninos arreganhados ali na parede:

— Nada!

O olhinho vermelho rolando em duas gordas lágrimas:

— A minha vida é finita. Acabou. Eu já fui!

Um minuto depois ressona homérico entre peles de urso. Ah, e uma, recente, de leão pigmeu.

É verdade: outro gringo da ilha — um inglês, quem mais? — inventou de trazer o pivete de leão para a ilha. O filhote cresceu e um dia fugiu. Entre nós havia um predador solto e com fome, já pensou? Chamaram o Rudolf para acudir a população em perigo. Lá foi ele de rifle e jipe. Sozinho. E enfrentou o bichão. Mais uma pele para enfeitar a sala de troféus. Sem ser tarascão, ele, sim, um autêntico matador de leões. E tornou-se uma lenda viva na ilha.

Legenda que mal se apercebe dos nativos. Mora ali faz vinte anos e não aprendeu o idioma. A Greta fala, e muito bem. Conhece a história das famílias. Quando surgem os hóspedes, ela quem atende. Ele, só grunhe a distância. Não gosta de estranhos. Com os amigos é diferente: toca para eles, bebe com eles, ri com eles, esmaga-os nas formidáveis patas de urso.

À Greta cabe buscar, contratar, despedir os peões que plantam e colhem os abacaxis. Também as moças que arrumam os bangalôs, lavam e passam lençóis e toalhas.

As mães temem pelas garotas, e com razão. O Gringo olha-as cobiçoso e gosta de se engraçar — nessa hora, em gutural mas fluente ilhéu. Pelo que hoje arrumadeiras? só macróbias. Então se insinua com as hóspedes solitárias.

Para ele, as mulheres (damas e putas) são todas princesas.

Desiludido, mas não vencido, passa o maior tempo diante da tevê. Já não tem amigos, ou melhor, só dois. Um, o dono de uma churrascaria, que o Rudy vai logo perder: é o traficante de drogas da ilha e a polícia está de olho.

Outro é o gerente do único bordel, com o nome pomposo de Cassino Real. O Gringo, que toca teclado, acordeão e gaita de boca, sabe de ouvido todas as canções populares. E fazia parte eventual da banda — o mais vistoso no paletó dourado e gravata-borboleta encarnada.

— Esses pobres amadores — diz ele com desprezo. — Eu? Eu sou um profissional!

Não é que o conjunto de amadores simplesmente dispensou o profissional? Segundo eles, além de exibido, desafinado. Tipo aquele violinista canhoto que se misturava com a trinca do choro aos domingos na feirinha de Curitiba.

Balada das Mocinhas do Passeio

quem são elas?
em tão grande número
de onde vêm?
de que subterrâneos porões cavernas?
são os derelitos do Dilúvio Universal?

você chega corre parte
mas não as mocinhas do Passeio Público
não chegam nem partem
estão sempre lá

incansáveis caminham
pra cá pra lá
sempre estiveram
pra lá pra cá
estarão para sempre

minissaias coxas varicosas
foto na hora
botinhas altas de sola furada
algodão-doce pipoca
boquinhas em coração de carmim
antes ventosas de medusas vulgívagas
psiu! oi tesão! vamo?

atração maior do Passeio
não é a gaiola do mico-leão-dourado
o aquário do peixe-elétrico
as cobras catatônicas o iguana pré-histórico
o pelicano papudo de asas entrevadas
tipo o albatroz no barquinho de Baudelaire

não é o viveiro de aves canoras
epa! um casal intruso de arapongas
desde quando a-ra-pon-ga trina e gorjeia?

o espetáculo do Passeio
não são as araras bêbadas aos berros
nem o velho cedro florido de garças-brancas

a grande festa do Passeio
são as mocinhas pra cá pra lá
na ronda sempiterna do amor

uma só delas
vale um circo inteiro em desfile
com a anãzinha das piruetas no cavalo pimpão
a engolidora da espada de fogo
a elefanta graciosa no chapeuzinho de flores
a trapezista do duplo salto-mortal
sem rede!

discutem gentilmente o preço
uma rapidinha quanto é?
como se vendem fácil
as damas peripatéticas do Passeio Público

ao sol ao frio à chuva ao granizo
com fome com febre com tosse
estão sempre lá
à caça dos clientes furtivos
mais duradouras
que o carvalho e o plátano seculares

lá estão sempre
as famosas mocinhas do Passeio
nem tão mocinhas
são trágicas são doentes são tristes
quem pode querer tais centopéias do horror
como esperar que alguém as cobice
derradeiros objetos do desejo?

medonhas aberrações teratológicas
galinhas de duas cabeças
treponemas pálidas
íbis sagradas de carapinha negra
aracnídeas hotentotes
gárgulas banguelas gargalhantes?

aí é que se engana
são desejadas sim cobiçadas sim disputadas sim
essas últimas mulheres da Terra
não fossem elas
o que seria dos últimos homens da Terra?

esses hominhos desesperados
sempre com sede com febre com tosse
sobretudo famélicos de um naco de carne
arre danação maldita da carne
urra salvação da carne da vida

são feiticeiras Circes
das verdes águas podres do Rio Belém?
são górgonas grotescas?

pudera com tais clientes
mequetrefes bandalhos escrotos
que não fazem amor
estripam curram vampirizam

são elas blasfêmia abominação escândalo
dos falsos profetas
das mil igrejas de Curitiba
veros cafetões do dízimo?

elas são na verdade o sal da terra
são irmãs de caridade
são madonas aidéticas
são santinhas do Menino Jesus
onde tocam saram os carbúnculos malignos

não as despreze nem condene
doces ninfetas putativas do Passeio
mais fácil uma delas
passar pelo buraco da agulha
que eu e você entrarmos no Reino do Céu

ó bravas piranhas guerreiras
elas serão as sobreviventes
à sétima trombeta do Juízo Final
ao dragão e à besta do Apocalipse

no dia seguinte ao Armagedom
restarão na Terra
as baratas e elas

você chega corre passa
elas não passarão
pra cá pra lá
psiu! oi tesão! vamo?
pra lá pra cá
para todo o sempre
as minhas as tuas as nossas
putinhas imortais do Passeio Público

Sim, Senhor

Três da tarde, a menina vai comprar pão e leite no boteco, uma notinha bem dobrada na palma da mão. Ali na pracinha esbarra no cara.

— Lembra de mim, guria?

Ela olha e diz que não.

— Você é boa em matemática, né?

Nem um pio.

— Acho que não é tão boa. Porque não lembra de mim.

Ela, quieta.

— Qual é mesmo o teu nome?

— Ana Paula.

— Quantos aninhos você tem?

— Nove.

De verdade, só oito e meio.

— Posso te chamar de Aninha? Você que passou com o pai na frente do Bar do Beto? Pois eu estava lá.

Ela, nada.

— Teu pai até me cumprimentou. Não se lembra, Aninha?

Em resposta aperta com força a notinha na mão esquerda.

— O nome do teu pai que é difícil, né?

Ô cara mais bobo.

— O nome é Antônio.

— Pois o Tonico fez um serviço pra mim. Fiquei devendo um dinheirinho. Se eu te der, você leva direitinho pra ele, né? Só pegar lá em casa.

Ela, na dúvida. Capaz do pai brigar se não aceitasse o dinheiro?

— Moro aqui pertinho. Logo subindo a rua.

O tipo lhe segura a mão direita e vão andando. Sobem e descem mais de uma rua. A menina avisa que não pode demorar.

— Já estamos chegando.

Quase nenhuma casa. Ninguém. Só mato.

— É aqui.

Um casebre aos pedaços. Ele junta do chão um papel sujo. E sem ler:

— Mais uma cobrança.

Coça o narigão vermelho:

— A vida da gente é cheia de cobrança.

Diz que a mulher não está em casa. Dão a volta por trás.

Nos fundos um puxado com restos de nada. A menina pisa numa poça de barro vermelho.

— Vem aqui. Limpar o pé.

Essa não: a sandália azul quase nova.

— Mais pra cá.

Pronto, o cara lhe tapa a boca e puxa-a contra a parede.

— Dê um grito. Que eu te mato!

Ela se debate, com os pezinhos no ar.

— Quer ver a faca?

Aninha sacode a cabeça, que não. O tipo alivia a mão, ela vai gritar, ele encosta na barriga a ponta fininha.

— Tá bom, senhor. Eu não grito.

— Não me chame de senhor.

— Tá bom, senhor. Não chamo mais o senhor de senhor.

Com uma só pata cabeluda ele abarca o pequeno pescoço.

— Brincando comigo, pivete?

A menina se afoga, perde o fôlego, quase desmaia.

— Bem quietinha, viu?

— Sim, se...

— Não tenha medo.

Arrasta-a para o canto mais escuro.

— Só não grite.

Baixa a calça da menina. Mais a pequena calcinha branca. Enrola a calça e amarra-lhe as pernas. Uma folga entre elas.

Em seguida a põe de pé.

Sentada.

De joelho.

De costas.

No fim, deitada.

Duas horas e meia depois a deixa em paz.

Quase noite. Ele olha para o céu. Começa a chover.

— Agora você conta até cem antes de sair. Bem devagar. Se te pego me seguindo, eu volto e te enfio a faca, viu?

Recolhe no chão a calcinha. Sorri.

— Mais uma!

Em vez de devolver, guarda-a no bolso. E se perde aos pulos na boca da noite.

A menina conta até cem — é boa em matemática. Enfia a blusa, mas não o capuz. Cadê a calcinha? Daí se lembra. Desamarra e veste a calça.

Sandália na mão, Aninha volta descalça para casa. Olhinho roxo, toda doída, rasgada por dentro — um risco de sangue lhe escorre pela perna franzina. Defendendo ainda a notinha na palma esquerda.

Chove mais forte. De má vontade, ela cobre-se com o capuz. Antes de fugir, sabe o que o tipo falou?

— Bote a touca pra não se molhar.

E ela, ai que raiva de ser tão boba:

— Sim, senhor.

O Almoço de Natal

Naquele tempo em toda casa havia um galinheiro. Bendito galinheiro. E um porão escuro e úmido. Porão abençoado.

A iniciação amorosa de todo menino era feita onde e com quem você já sabe.

Éramos dois irmãos, cada um tinha a sua namorada. E cuidávamos de agradá-las com água fresquinha, folha de couve, punhado extra de milho.

Primeira vez só consegui atraí-la ao navio pirata & mina de ouro & nave espacial com migalhas de pão, nova Mariazinha perdida no caminho de casa. Já nas outras, bastava eu me curvar para adentrá-lo, ela me seguia a toda pressa em passo miudinho de gueixa.

Quando ela chegava fazia-se a luz na caverna. De suas tocas, aranhas e lagartixas espirravam as cabecinhas para vê-la.

Era sentimento mútuo, fonte de surpresas, delícias, arrepios de prazer. Ai, olhinho buliçoso que não piscava, sem pálpebra... para melhor te seduzir. De volta da escola, eu corria para o quintal e, ao me ver, ela abria as asas jubilosa ao meu encontro. Enquanto eu penava com as lições de gramática, para me consolar ciscava e arrulhava sob a janela.

A tragédia iminente era o famoso almoço de Natal. No dia fatídico seria a vez da tua bem-querida — a mais gordinha e apetitosa do terreiro. E, angústia maior, os carrascos alternados no altar do sacrifício você imagina quais eram.

Três, os métodos clássicos: golpe certeiro de machadinha no longo pescoço da mártir (sobre a bacia que aparava o sangue do molho).

Ou repuxá-lo sem dó finalizando no estalido seco — ao soltá-la, sem saber que estava morta, ensaiava uns tantos passos bêbados, antes de se esvair aos teus pés...

Ou, ainda, girá-lo com força até que ouvisse um crack!

Os sons fatídicos — o golpe, o estalo, o crack — eram as três pancadas da desgraça à tua porta.

Afinal me coube — ai de mim, maldito — abreviar os dias felizes da prometida do meu coraçãozinho de 7 anos. Nem pensar em desobedecer às ordens de Mamãe — atrás dela se levantava o poder maior desse Pai dos Pais, ditador trovejante de prêmios e castigos.

Cogitei de imolar não a eleita dos meus suspiros e, sim, a do meu irmão menor, tanto eram parecidas, gêmeas da mesma ninhada. Decerto, feroz na defesa do seu próprio amor, ele denunciaria aos berros a minha fraude. E eu sonhava, dormindo e desperto, com a bicicleta azul que, menino bem-comportado, ganharia no Ano-Novo.

Aqui a mão ponho na minha boca. Sou o túmulo do sofrimento humano.

E o crime foi consumado.

Para surpresa familiar (e minha, mais que de todos), não fui o único glutão a recusar com horror o pedaço predileto de coxa. Também ele, o caçula, se absteve de provar a noivinha inebriante ao molho pardo.

Foi a minha primeira desilusão amorosa. Ah, o coração feminino... Bem que era volúvel, ó ventoinha de penugem dourada vogando ao léu. O tempo todo me iludira, a ingrata — e com o meu próprio irmão!

Outras namoradas vieram. Da primeira você jamais esquece. O amor, essa coisa, sabe como é. Ainda hoje, dela me lembro: pequenina e trêmula nos meus braços, as macias penas arrepiadas, pipilante de prazer.

Tudo passa, ela passou.

Era aberta enfim a temporada de caça às primas. Viva a estação das priminhas!

A Longa Volta para Casa

Lá na Colônia Penal me deram uma portaria para viajar no fim de semana. De visita a minha mulher e os três filhos. Isso no dia 29 de março, sexta-feira.

Onze da manhã chego em Curitiba. Saio da rodoviária e, com sede, no primeiro barzinho, quem eu encontro? O meu velho amigo Rolha, preso comigo na Colônia.

Começamos a tomar uma cerveja e uma caipirinha por ali.

Ele saiu também de licença no mesmo dia. Perdeu o ônibus bem cedo para Castro. Aí pegou nova passagem para a meia-noite. Zanzando, entrou no barzinho perto da rodoviária. E lá a gente se achou.

Onze da noite eu viajo sem falta para Sertanópolis.

Ele me perguntou se conhecia Curitiba. Eu falei que não. Daí me convidou para dar umas voltas e ver as belezas da cidade. Tinha uma irmã lá no Barigüi e a gente podia visitá-la. Com todo o tempo do mundo, aceitei a proposta.

Para celebrar, pedimos outra cervejinha mais uma caipirinha.

Subimos no amarelão cheio de cartazes do aniversário da cidade. Para encurtar a viagem, aqui e ali, a gente saltava e bebia umas e outras. Livres da cadeia, três dias inteirinhos, já pensou? Bem que a dupla merecia.

Quando eu vi, epa!, o Rolha estava de porrinho. Se você fica mergulhando o bico no copo, tipo o joão-teimoso, pra cima pra baixo, são quantos bares, meu chapinha, até o fim do Barigüi?

Já era tarde. As vitrinas acesas. Ninguém sabia que horas eram. Só me lembrava que tinha de viajar para casa. Onze da noite. Sem falta.

Daí para clarear as idéias entramos num bar. Lá veio mais uma e outra.

Opa! Se segura aí, chefia. Quem é preso muito tempo sabe. Fica daquele jeito, né? Um pouco meio tonto.

Saímos e eu falei que já tinha visto bastante a cidade. Desistia de visitar a irmã do Rolha.

— Mas a pobre está esperando.

Ele podia seguir. Eu ia era pegar o ônibus para a rodoviária. E dali para os braços de minha mulher e meus filhos. Nesta vida em quanto beco escuro já não me perdi? A viagem para casa, amigão, dá muitas voltas.

Nisso escutamos uma bruta batida de carros. Vidros partidos. Pessoas fugindo. Um monte de tiros.

O que a gente podia fazer? Corremos junto. Na confusão um se desgarrou do outro.

De repente me vi cercado pela polícia. Eles vieram aos berros e me enquadraram. Já pedindo documento. Falei que tinha saído da Colônia. Estava livre e mostrei a portaria.

Pronto, meteram a pulseira. Me jogaram na Rone. Começaram a bater. Queriam saber do assalto de carros ali na avenida. Que assalto? Que carros? Que avenida?

E apontavam uma pistola gritando que iam me matar.

— Você vai morrer, cara. Está morto!

Eu, bebum, língua enrolada. E eles, batendo sem dó.

— Onde está a arma? Fala ou morre!

Querendo a tal arma e me batendo, me batendo. Se eu não piasse, já me afogavam numa cava lá no Umbará.

Daí chegaram uns outros PMs. Me salvaram do camburão e levaram na viatura para a delegacia.

Pô, cara, dessa eu escapei. Por um triz. E respirei fundo.

Daí a pouco eles me botaram um saco preto na cabeça.

E me encheram de porrada.

Depois de apanhar bastante, fui pendurado no pau-de-arara.

E vá lambada de borracha e mangueira na sola nua dos pés.

Já não tinha força de gritar nem gemer.

Até que veio o escrivão e me fez assinar uns papéis. Mais que depressa eu caprichei no jamegão. Mesmo sem ler. Pra deixar de apanhar, o que você não assina?

Depois ele falou que eu estava muito bêbado para viajar. Aqueles papéis eram para não perder a passagem no ônibus do dia seguinte. Eu disse que tinha de me apresentar segunda-feira na Colônia.

Me jogaram no corró, bem no fundo. E quem estava lá, gemendinho de tanta surra. O meu velho amigo Rolha. Tinham feito tudinho igual com ele. Não queria festear o aniversário da cidade?

Dia seguinte você aí pegou o ônibus para a Colônia? O Rolha foi visitar a irmã no Barigüi? E eu, beijar a mulher e abraçar os filhos na minha Sertanópolis?

Desde então estamos lá. No mesmo corró. Quantos dias, semanas, meses? Abandonados. Sem advogado nem nada. Esquecidos.

O juiz tinha me dado três anos e quatro meses na Colônia. Só porque matei um safado no bailão. Estou cumprindo desde junho de 2000. E agora que consigo uma liberdade para ver a família, fico preso de novo? Só porque enxuguei umazinhas aqui e ali?

Bem sei que não devia ter bebido. Agora que estou zerando meu erro. E faltam poucos dias para ganhar meus benefícios.

Maldita idéia essa de conhecer Curitiba. A Cidade Social. Um Jardim do Éden, segundo o cartaz, à beira do Rio Belém plantado.

Diz o meu velho amigo Rolha até que uma cidadezinha mais ou menos.

O Mestre e a Aluna

Eis o ponto final na minha tese: *Capitu sem enigma*. Esfinge sem segredo. A epígrafe você sabe de quem: "Se a filha do Pádua não traiu, Machado de Assis chamou-se José de Alencar." É o último dia de apresentá-la ao Mestre e Orientador.

Ducha ligeira, blusa vermelha, saia xadrez plissada, meia preta três-quartos, bota de saltinho. E saio correndo, as pontas do cabelo molhadas. Não devo entregá-la na Faculdade. Mas no seu apê. Segundo ele, oferece mais sossego — a mulher está viajando.

O Mestre me introduz no escritório. Instala-se atrás da grande escrivaninha, inchada de papéis e livros. Indica uma cadeira à sua frente. Folheia o trabalho. Duas ou três perguntas. Apruma-se na poltrona e me concede um sorriso.

— Agora podemos conversar.

Estende o bracinho curto.

— Aqui mais perto.

Ai de mim, bem o que eu temia. O que, na minha vez, faria Capitu? Não se sacrificou ao marido e senhor para sua ascensão social? Devo o mesmo a esse asno pomposo e pançudo? Se não vou, já sei: nota insuficiente, reprovação, a carreira truncada.

Dou volta à mesa, subo os degraus do meu cadafalso. Me encolho na cadeira próxima. Escondo o tremor das mãos. Joelho apertado, olhinho baixo. Assim perdida quanto a amiga da Sanchinha — amiga ou, mais certo, amante?

— Tão bonitinha...

Voz grossa e rouca. Já engolindo ruidoso em seco. Inclina-se e, sem mais intróito, passa de leve o indicador em volta dos meus lábios. Devagar, degavarinho. O dedo fica manchado de batom. Para minha surpresa, sinto a resposta de pronto na xotinha. Pétalas de rosa já se abrem ao rocio da manhã.

Descerro os lábios, ele insinua o dedo e gira na minha língua. Só com a ponta me ponho a lamber o dedinho — sou eu? é a outra, safadinha, lá na Suíça?

A gente se olhando sempre no olho. Eis que enfia todo o dedo na minha boca. Chupo e lambo, gozosa.

Já viu beija-flor no pote de água com açúcar? Aquela asinha frenética o meu coração. Todinha presa pela língua — não fosse ela, desferia vôo.

Aí recolhe o dedo. Me ergue nos braços e me beija. A minha língua na dele. A dele na minha, enroscadas. Sou peixinho fora do aquário, estalando o bico de aflição, sem ar para beber, sem água para respirar.

Ele se recosta na cadeira. Me deixa de pé entre os seus joelhos.

— Tire a blusinha.

Começo a desabotoar numa confusão de dedos. Presa ao grito dos seus olhos. Espantada. Mais de mim que dele. Euzinha, quem diria.

Não trago sutiã. E abro envergonhada a blusa, que desliza aos meus pés. Ele se chega.

— Que peitinho mais lindo!

Veja, ó puto: o Monte Sinai da revelação e o seu duplo. Rodeia a língua babosa no meu mamilo duro. Primeiro um, depois outro. Bacorinho mamando, suga o leite mais doce. E de súbito abocanha. Todo o peitinho na sua boca escancarada. Com a mão direita titila o segundo biquinho. Perna já não tenho, o que me sustenta de pé? Só quero ser lambida. Todinha lambida. Ai, minha calcinha orvalhada!

O Mestre corre o fecho da calça. Presto exibe o punhal róseo de mel. Desfraldado, em riste. A durindana em brasa viva tinindo à cata de sua bainha. Olho estupefata e aturdida, quem sou eu? qual o meu nome? o que estou fazendo?

— Levante a sainha, amor.

E eu? Oh, não, obedeço. Sim, meu senhor.

— Fique de costas. Mostre o teu rabinho.

Me viro, ergo a sainha até a metade.

— Rebole essa bundinha.

Peticinha arisca, refugo mas atendo: empino e volteio o lombinho indócil, que nenhum cavaleiro já montou.

— Tire a sainha, querida.

Ela cai sem ajuda.

— Agora bem devagar a calci... assim...

Relutante, aos poucos, eu... No seu gordo olho sangüíneo enxergo a minha violação. O anúncio do meu estupro múltiplo.

— Agora venha aqui. Não. De joelho.

O obelisco impávido colosso ali na minha cara. Dispensa mandar. Lambo desde as fundações até o supremo capitel. Dardejo. Beijo deliciada. Ponho inteirinho na boca — é todo meu!

Sou o néctar da flor carnívora que suga o bico do colibri gigante.

Brusco e violento, me suspende com as duas mãos. Joga de bruços ali na mesa. Caem livros e papéis, quem está ligando? Nas últimas forças, um grito de pânico:

— Tem dó de mim!

Ele se imobiliza.

— Você é virgem?

— Assim... meio... quase...

Feroz, impiedoso, triunfante.

— Não tenha medo, sua putinha.

Entre as pernas eu sinto o badalo de um Quasímodo cego e surdo — os sinos dobram por você, Esmeralda.

— Se eu tivesse dó, você ia gostar menos!

Trêmula e suplicante:

— Só peço... tudo que é sagrado... seja paciente e delicado...

Ah, é? Qual dó. Qual delicado e paciente. Qual meio bastante quase: o bruto vem com tudo.

Enterra o picão na pequena bucetinha entreaberta. Tão úmida, ansiosa, inchada, que ela geme:

— Ai, sim. Me foda, sim.

Não reconheço a voz. Juro, minha não é. Ele empolga as rédeas no queixo, aos brados:

— Vou foder, sim, cadelinha. Foder essa buceta de puta. Essa xotinha melada de vadia.

É o sinal: gozo no corpo inteiro, suspensa entre o céu e a terra.

Olhe o arco-íris se abrindo nas nuvens.

Gozo mordendo o pau gostoso com os dentinhos da xota.

Gozo elevada no ar — veja, mãe, sem as mãos!

É quando o Anjo do Terror sopra no meu ouvido:

— Sabe o que pede uma egüinha como você?

Não sei. Ai, que medo. O que pode ser?

— É tomar bem dentro do cuzinho.

Estremeço. O cuzinho, ele sim, é virgem.

— Ah, não. Isso, não. Tudo, menos...

É tarde: já a cabecinha rodeia e acha sozinha o portal sagrado. Ai, sem pedir licença. Ai, ai, está entrando. Me agarro com força à mesa e tento me livrar.

Pobrinha de mim. Ele me segura firme pela cintura. E me abre pela metade. Em duas partes, separadas. Começo a chorar, de tanta dor.

Mas qual prazer maior é esse, ó mãezinha? Que nasce da entrega exultante ao teu martírio? Mais forte que a própria dor?

São duas asinhas loucas de êxtase batendo duzentas vezes por segundo no meu coração calipígio.

Devo rir ou chorar? Oh, dor. Ai, delícia.

— Ai, que rabo mais gostoso. Grande vagabunda. Era isso o que você queria. Capitu, porra nenhuma. Veio aqui só pra dar. Prova é a tua calcinha roxa... de rendinha preta...

Nossa, o Doutor e Mestre piradão. Esse é o Zeus trovejante de raios sobre o solecismo bárbaro? Esse o implacável Robespierre, carrasco e guilhotina, no encalço da crase humilhante?

— Quero encher esse rabo de porra. Quero gozar bem no teu cuzinho.

Dele a grotesca bocarra de gárgula que despeja esse chorrilho de palavrões imundos?

Ai, fico tão excitada. Sinto a bundinha pulsando e latindo de puro tesão. Recebo o cálido repuxo do

Mestre de Letras no meu cofrinho arrombado: o vinho na taça roubada é mais doce.

E os dois explodimos em estrelinhas piscantes no céu, peixinhos dourados no azul do mar, florinhas de todas as cores vagando no ar.

Vestidos e recompostos. Um tantinho ofegantes.

— Na próxima vez continuamos...

De novo o Grande Inquisidor das monografias.

— ...a discussão sobre Capitu.

Me leva até a porta. Essa, não. Um ósculo furtivo em cada face.

Em Família

O pai enriqueceu com um ferro-velho. Tanto e tão rápido, que muitos falam em desmanche clandestino. Durão e violento. Gosta mais é de caçar. Tem o seu santuário: sobre a lareira, cabeças de onça-pintada e jaguatirica negra. Macaco e jacaré empalhados. Orgulha-se da valiosa coleção de pistolas, espingardas, rifles.

Com a morte do filho mais velho, deixou crescer uma feroz barba branca. Para esconder a sua vergonha: o rapaz morreu de aids. Era drogado? bicha secreta?

E, se não bastasse, o caçula surpreendeu em flagrante a esposa com o chofer. Na própria cama do casal. Em desespero, precipita-se escada abaixo. Furioso, antes de sair, dispara seis tiros no carrinho esporte dela.

— Matou o carro! — diz o pai, decepcionado. — Por que não ela?

O amor, essa coisa, sabe como é. Em seguida o moço a devolveu com o filhinho aos sogros. Foi morar só numa cabana perdida na montanha.

A pobre mãe, com enxaqueca, fica o dia inteiro deitada no quarto escuro. O pai fecha-se em silêncio e ressentimento: o filho predileto morto de doença infame. O caçula, esse, marido manso, entrega-se à bebida. E anuncia o próximo suicídio.

Domingo, ele comparece ao aniversário do pai. Já bêbado, repete o aviso do gesto final. A mãe chora, desgraçada. O velho aspira deliciado o charuto:

— Você, não, filho.

Uma longa baforada.

— Não é macho pra isso!

Quando a família se distrai, o rapaz vai à sala de armas. Escolhe um rifle, mete dois cartuchos. Apóia a coronha no tapete. Enfia o cano na boca. Aperta o gatilho.

Não o alcançando com a mão, usa o dedão nu do pé direito.

Amintas 749

venham todos venham todos
orgia homo a cada meia hora
todos os entendidos discrição absoluta
na Rua Amintas 749

a bacanal começa quando você chega
sauna *gay* para todos os gostos
seca a vapor massagem bar vídeo tevê
michê puto bofe garoto de programa

todas as perversões bizarrias taras
todas são aceitas nenhuma restrição
desconto de 15% ao maníaco sexual

velhinho pedófilo uranista
sádico masoquista coprófilo
pai de família enrustido ou não
sejam todos bem-vindos

não percam o próximo *show*
sem falta em 30 minutos
tragam pluma lantejoula liga roxa
aqui é o santuário do travesti

sim Rua Amintas 749
já foi uma casa de família
de santíssima senhora católica
(ó púcara pícnica rúbia!)
a quem toda moeda cheira bem

no antigo quarto do casal
escolha um dos vários cubículos
estrado colchonete vibrador chicotinho
realize as tuas fantasias extraconjugais

no nicho da parede
para a capelinha de Nossa Senhora
venere a imagem luminosa giratória
de Nosso Jesusinho do Falo Ereto

aqui você bebe todas
fuma todas cheira todas
um estupro a cada meia hora

na célebre Rua Amintas 749
tudo é permitido
violente sodomize queime viva
a criança dentro de você

garotos para todos os gostos
loiro trigueiro cafuzo
amarelo negrinho albino
com sorte menor de 18 aninhos

aqui na Rua Amintas 749
você pode se sentir seguro
vizinhança estritamente familiar

Hospital Oswaldo Cruz do outro lado da rua
Igreja Cenobita logo na esquina
Grupo Conselheiro Zacarias a três passos
até o ilustre auditor do Tribunal de Contas
registra de binóculo as placas dos clientes

vamos todos cirandar
aqui a curra é todo dia
com a bênção das autoridades
municipais policiais religiosas

por um preço honesto
você escolhe a tua fresta no tabique
espiando uma transa ao vivo
entre o velhinho sujo e o menino arteiro

venham todos venham todos
para o alegre 749 da Rua Amintas
aqui você bebe todas
fuma todas cheira todas

suruba geral a cada 30 minutos
todos os nossos garotos são especiais
invente a tua nova posição
a 65ª não incluída no *Kama Sutra*

se você é do *rock* da pesada
sinta-se à vontade para malhar e apanhar
só não exagere ô distinto
veja o caso do Cônsul de Portugal
um dos mais notórios adictos
até o seu último dia

confie em nossa discrição e prudência
antes de abrir o fichário da clientela
à polícia imprensa escândalo público
entregamos em 24 horas às autoridades
os dois bofes carniceiros

temos vigia alarme câmera interna
contra os inevitáveis assaltos
sorria você está sendo filmado

perguntem ao primeiro taxista
chá da debutante do Sion de Sodoma
a partir das três da tarde
no concorrido 749 da Rua Amintas

à coroação do Mister Curitiba das Nádegas
as duas mais belas prendas do teu corpo!
são todos convidados menos a turma da Lazinha
júri notável de parricida estripador canibal

lá vem o teu almoço rebolando
para a Rua Amintas 749
traga luva de couro algema capuz garrote
não esqueça charuto fetiche bentinho

a cada meia hora todo mundo nu
concorra ao grande prêmio do bingo-boy
sempre à meia-noite de sábado

venham todos venham todos
receber o primeiro beijo do aidético
no festival *gay* da Rua Amintas 749

aqui o paraíso perdido e reencontrado
do viadão brocha escroto bandalho
com luxúria senil ou sem ela

entre na ciranda feche a roda
brinque de menina da calcinha vermelha
seja o teu próprio lobo mau

andrógino pedê fanchone maricona
punk transexual
bicha-louca de gilete na peruca loira
desfrute os teus 15 minutos de glória

se descubra a mais rampeira Bela da Tarde
abra o cofre dos teus sonhos secretos
prove a massagem do punho do eunuco

na famosa Rua Amintas 749
nós sabemos quem você é
do que gosta
capricho extravagância preferência

o teu pecado mortal aos 7 aninhos
o que fez no apagão da noite passada
você aí você mesmo eu hein

aqui você bebe todas
fuma todas cheira todas
portador do HIV
aidético orgulhoso da cidadania já
a Rua Amintas 749 é o teu segundo lar

Numa Rua Escura

Dez da noite, a menina volta da casa da patroa. Ninguém no caminho escuro. Ela tem medo. Anda no meio da rua para ser vista pelos carros.

De repente é seguida, ai não, por um, dois, três caras. Eles gesticulam e falam alto. Caminham cada vez mais depressa.

Os três chegam juntos. O mais gordo diz que é um assalto. Não dá tempo de correr. É arrastada para o matinho ali perto. Um segura os braços, outro as pernas, o terceiro arranca as roupas. Ela não quer, a pobrinha. Por mais que se defenda — são três, puxa! Cada um é o dobro dela.

Para obrigá-la, eles começam a bater. Um murro no rosto deixa o olhinho roxo. A cara toda borrada de choro. Cospe sangue. Só arranhão pelo corpo inteiro. Marcada e doída de tanto bofetão. É pouco? A calcinha (nova) rebentada e rasgada em tiras.

O primeiro bem que estrupa ou estrupra ou estupra, tanto faz. Os três estão em cima dela, dois esperando a vez. Um tapa-lhe a boca para não gritar. Ela geme baixinho. O tipo que violenta é o de nome João.

Daí chegam os praças: um tiro e gritos fortes. Ela está sem roupa. Tem de se vestir na frente deles. Ficam todos olhando. Ela chora o tempo inteiro. Entregue na delegacia chorando.

Chama-se Maria. Tem 15 anos. Sim, era virgem.

*

Os três amigos estão festeando na casa do João. Acabada a bebida, ainda querem mais. Um dia de farra. Primeiro porque é sábado. Segundo, receberam o dinheirinho do biscate: um muro inteiro rebocado a capricho.

Na festinha eles bebem e jogam truco. Quem está ganhando é o João. Nove da noite, sem mais bebes em casa, saem pelas quebradas, enxugando umas e outras: três goles de cerveja, um de cachaça, da boa.

Na rua escura João vê a menina. Os outros já vão passando, muito borrachos para enxergar. Discutem entre eles. Dois querem beber, um prefere pegar a guria. Daí vão os três.

João chega perto, atraca a pivete. Diz que é um assalto. Que assalto se ela não tem nada, só a roupinha do corpo?

Já vai arrastando a menina para o matinho escuro. Os outros querem ajudar. Bebuns, pra cá pra lá, caem sentados. Daí tudo fica muito confuso. Até que ouvem um tiro e muito grito: os policiais da ronda.

De lá são levados para um lugar que na parede tem um monte de avisos.

Na delegacia, juram os três que nenhum fez mal para a guria. Seria muita judiação. Assim magrinha e feinha.

João diz que ganha uns trocados por dia. Ajuda a mãe entrevada na cama. Não sabe por que está preso. Só que um guarda o agarrou com toda a força — e olha aí o meu braço, ó, tá torto. Na hora da pulseira ele torceu e estalou — pô, tirou do lugar. Ó aí, nem estica. E dói paca!

Epa, cadê o relógio de pulso?

Pô, essa não. Até o meu reloginho?

Duas Normalistas

Às três da tarde, aperto a campainha do teu apê.

Trago uma colega. Tem 17 aninhos. Uniforme de normalista, como você pediu. Mais: corpinho de curvas, seio de maçã, bundinha arrebitada.

Está noiva. É a sua despedida de solteira. O meu presente para você.

Que nos abraça e beija. Logo se instala no trono do teu quarto. Todo-poderoso. Da tua poltrona governas o mundo.

Duas bandidas. Armadas para matar: boca pintada, blusa branca de botão, gravatinha, sutiã de taça, sainha azul plissada. Você liga o som frenético do coração de um drogado.

E dançamos devagarinho uma com a outra, ondulando os braços, a cintura, os quadris. Trocamos beijinhos e carícias. Sem pressa. Ela apalpa e belisca de leve a minha bundinha. Deslizo a mão sob a sainha dela e recolho presto senão queima: uma brasa viva.

Ao teu comando, uma vai tirando a roupa da outra. Abrindo, um por um, os botões da blusa apertada. Tímidas, a cabeleira cobrindo o rosto em fogo. Brancuras e delícias só para você: uma nesga de ombro, o bico tremido de um seio, a volta fosforescente de uma coxa...

Você ordena, duro, que baixemos a calcinha. Quer ver as duas bundinhas — e já. Morrendo de vergonha, ai não, obedecemos.

Aos poucos, relutantes, vamos descendo as calcinhas, uma rosa-choque, outra vermelha. De costas, subimos um tico de saia — e um nadinha mais... Aprumadas no saltinho alto. São dois rabinhos à tua disposição. São as faces ocultas de duas luas rechonchudas.

Sob a anágua da normalista se espreguiça a Grande Prostituta da Babilônia. Ficamos de joelhos, o sutiã preto com rendinha de taça transparente. Uma diante da outra, as pernas afastadas. Buscando e roçando a penugem do ninho de colibri. Uma com o dedinho médio na xota da outra. Ela está molhadinha e eu toda inchada.

Daí rastejamos até você, sentadão ali de perna aberta. Nosso Grão-Paxá. Nosso Dom Pedro I de Sodoma. O fabuloso Ali Babá, mercador de nossos quarenta tesouros escondidos.

As duas nuinhas. Só com as longas meias pretas e ligas roxas. Tão dóceis, excitadas e amorosas. Você pode fazer com a gente o que quiser. Duas escravas para te servir. Duas cadelas no calor de serem cobertas. Engatadas no mesmo macho. Aos gritos apedrejadas pelos meninos da rua.

Te beijamos da cabeça aos pés. Me demoro na tua boca, esses longos beijos de língua que a gente gosta de dar. A noivinha lambe o teu pau colosso. Viaja por ele com toda a língua. Também me ajoelho em adoração desse Pai dos Pais.

Ai, Senhor, como é bom. Você descansa a pica na boca de uma, depois da outra. Canarinho rosado que numa só revoada colhe cento e uma formiguinhas de asas. As duas lambemos ele todinho e trocamos beijinhos na boca. Eu te chupo, bichana gulosa. Ela titila as tuas bolas com a língua. E o meu clitóris com o terceiro quirodátilo.

Você agradece com dois bofetões estalados e ardidos em cada uma. Nas bochechas de baixo e de cima. Ai, bem, doeu. Assim com força, dói. Quer mais, putinha, quer?

Ai, gostosão, por favor me coma. Eu já não agüento. Me foda todinha. Venha, sua cadela. Venha dar gostoso pro teu macho.

Eu me sento no teu caralho. As pernas abertas sobre a poltrona. E sinto o teu punhal de fogo e mel trabalhando a minha xota. Galopo nas nuvens e deliro de olho fechado. A pomba branca do amor em pleno vôo alcançada currada estripada pelo ávido gavião.

A menina agarra com força os meus peitinhos, morde o meu pescoço. Os seus pentelhinhos crespos me arrepiam docemente a bunda.

Gozo no corpo inteiro. Tenho orgasmos do calcanhar até a nuca. Me desmancho de puro prazer. Fico ali gemendinha.

A guria se instala ao nosso lado. Me beija furiosa a boca. E descansa a tua mão na bucetinha dela.

Eu também quero, ela pede. Então fique de quatro.

Ela — o grande olho verde arregalado de susto, desejo e medo — se põe de quatro na tua cama.

Ai, que linda nalguinha empinada. Os seios pendurados assim cachos maduros de uva rósea. A xotinha aberta prontinha para ser fodida. Separo os grandes lábios e acerto o teu bruto pau na pequena fenda úmida.

Quero ver você comendo a noiva. Quero ver o teu pau entrando com tudo. Quero te beijar todinho enquanto você trepa fogoso a tua cabritinha.

A menina geme enlevada e quero deixá-la mais feliz. Você enfiando com decisão o caralho, eu lhe acaricio o clitóris. Pedindo para morrer, ela chora lágrimas gordas de prazer.

Qual cuzinho você quer comer? Os dois, você diz.

Estou louca para te dar o rabinho. Ó minha gruta secreta entre dunas movediças. Fico tão cadelinha, piranha, rampeira. Ai, é bom demais. Ó meu mimoso cravo violeta.

O Rei dos Hunos ronda, acha, pede passagem. Violento e gentil. Ai, dor. Oh, delícia. O alfanje é recebido na bainha sob medida.

Que se escancarem os portais do templo das musas calipígias. Quando sinto a cabecinha entrando quero uivar. Sim. Bem putinha puta putona. Eu sou. Sim.

Cuidado, amor. Que dói. Devagarinho.

Ah, é? Pronto, lá vem você com toda a força. Sem piedade. O aríete impávido colosso arremete rompe marra tudo pela frente.

Que vagarinho. Sua viada. Pô, é pra doer. Geme. Assim. Chora. Mais. Já tiro sangue, orra.

Minha alma dá gritos de alegria. Você me racha pelo meio. Eu me abro em duas metades perfeitas.

Agora é a vez da noivinha. Com o teu cedro do Líbano bem dentro do meu pobre cuzinho, ela dedilha o meu botãozinho em chamas.

De tanto gosto, os grandes lábios batem palmas.

Frenéticos, piscam os pequenos e me mordem.

O cuzinho lambe os beiços e delira de boquinha aberta.

Ai, o coração latindo no peito e ganindo no meio das coxas.

Você não espera mais e explode o meu rabinho. Já não tenho cabeça mão perna.

Sem consciência.

Sou puro gozo. Só gemido êxtase epifania levitação.

Duas asas tatalantes da borboleta trespassada na múltipla agonia. A minha alma aos uivos subindo num repuxo fervente de porra. E o teu Exército com Bandeiras ocupa toda a cidadela arrombada.

E eu? Choraminga a noiva esquecida. E eu? O outro cuzinho fica para outro dia, você diz.

Adeus, Vampiro

Quando Nelsinho despertou de um sonho agitado, viu que se transformara numa espécie encantada de vampiro.

Uma nova raça, que já não bebe o sangue — apenas mordisca e sopra a nuca das bem-queridas. Com direito a sete beijinhos de língua titilante, por que não?

Um vampiro só de emoções e sentimentos. Um ladrão furtivo de almas solitárias.

Drácula que já não mutila nem estripa corpo de virgem — celebra gentilmente em prosa e verso as suas fofuras. Nada de abrir uma cova no peito das noivas. Não se alimenta de sangue mas de sonhos, confissões, palavras ao vento.

Esse vampiro, quem diria, tem coração de pintassilgo. Ou corruíra, se assim prefere. Já não crava os caninos e as garras — mais chegado a sábios toques e blandícias erógenas. Para merecer o beijo puro na catedral do amor é capaz de voar, sim, voar nas asas brancas da luxúria. E, a fim de alcançar um gozo proibido, com todo o vampirismo desce da nobreza e, de joelho e mãozinha posta, faz o que o seu benzinho quer.

Nosferatu de delicadezas e delícias. Viciado, sim, na ciência da sedução, as manhas da traição, as artes da perversão, as dores secretas do amor, os mistérios da paixão.

Frestador da janela aberta. Espião na fila de ônibus às seis da tarde na Praça Tiradentes. À escuta nos bancos da Praça Osório. Pra cá pra lá quem voga e vigia, na sua nave fantasma, à sombra da Igreja de Santo Stanislau?

O meu vampiro é um doce traficante de ilusões. Inofensivo? Nem tanto. Esconde o humor atrás do óculo azul e as trancinhas rastafári. Um vampiro tímido, já pensou? Ou a timidez é disfarce para instigar a confissão dos ingênuos João e Maria. Toma três cafezinhos na Boca Maldita — as humildes garçonetes, nunca se sabe, heroínas da tragédia curitibana?

O meu vampiro não é viageiro das sombras. Um mutante que ama, sim, o ar livre: capa preta (o forro vermelho de seda) ao vento, pedala fagueiro pelas ciclovias. Além do mais, caçador submarino de estrelas-do-mar, sereias calipígias e pecados vergonhosos.

Predador e vítima, a sua eterna danação é a ninfeta, a mocinha, a mulher. Arrebatado em loucas paixões seculares com avós, mães, filhas e netas. Por elas condenado para sempre a louvar na flauta doce as suas prendas e graças — ó exército de peitinhos em posição de sentido apresentando armas! ó bundinhas aguerridas em desfile com bandeiras desfraldadas!

Nem só de abismo de rosas é a existência de um vampiro. A sua estaca no peito dói — até o fim dos tempos! — cada vez que olha uma mulher, cada mulher, toda mulher. Um vampiro, esse, que jamais dorme — e sonha acordado com as mil amadas perdidas. Os tantos amores idos e bem vividos são o preço da sua insônia infinita.

Conde famigerado foi, não é mais: nas entranhas do vampiro dorme o mocinho de família prestes a acordar. Filhos da noite escura da alma, alcatéia de lobos uiva em longo adeus às portas do seu santuário.

Príncipe notívago da lua cheia. Malferido em gloriosas batalhas eróticas no leito de sarças ardentes. Da espécie em extinção o último.

Drácula, Nosferatu, Nelsinho, tem um sonho recorrente: eis afinal o dia em que o velho castelo (quando pintará os seus muros desbotados?), com a cabana, os cedros, a fiel Rikinha, se elevará pelos ares numa apoteose de luzes brilhantes.

E sumirão todos na noite sem fundo do esquecimento.

A Ponte

Depois que a filha de 18 anos morreu num acidente, a pobre senhora nunca mais foi a mesma. Se Deus, que era o seu Deus de fervorosas preces diárias, matava a filha no lugar e na vez da mãe, tudo carecia de sentido.

Deprimida, sem ânimo, ela não fazia nada. Não conversava, não cozinhava, não bordava, não lia. Não nada.

E nunca, nunca mais rezou.

Ali diante dos outros, porém ausente. Cabisbaixa, gesto manso, alheia ao mundo em redor. Se alguém lhe falava, única resposta era um olhar triste — mas tão triste, que antes não olhasse.

Anos se passaram. Ela achou que era tempo de se reunir à filha perdida. Acabar com essa angústia sem fim. Sacudiu a apatia, invocou toda a coragem. E decidiu, sim, atirar-se da ponte da cidade.

Acordou bem cedo, vestiu o melhor vestido. E — fazia frio — um casaco marrom de lã. Rabiscou bilhete em despedida: não mais que sete linhas (com duas palavras riscadas, quais seriam?). Uma vida inteira, já pensou, no simples adeus de sete linhas? Antes que a família se levantasse, deixou na mesa da cozinha a folha de caderno, sem dobrar.

Foi até a porta, relutou um pouco e voltou. Do dedo anular com esforço repuxou a aliança. Um e outro toque fácil, se livrou da dentadura. E, sobre o bilhete, depositou as duas prendas.

Chegando ao meio da ponte, demorou-se algum tempo a olhar — havia chovido — as águas revoltas do rio. Perdera a coragem ou estava em dúvida?

Fosse porque era muito alta, cruzou toda a ponte, começou a descer pela encosta. A grama úmida, daí escorregou. Deslizando pela ribanceira, bateu a cabeça numa pedra e tombou suavemente na água.

Era domingo, Dia das Mães, a família acordou mais tarde. Assim que acharam o bilhete, em desespero, correram de lá pra cá. Alguém se lembrou da ponte preferida pelos suicidas da cidade.

De longe viram um bando de crianças que brincavam à beira do rio. O corpo estava preso numa forquilha, de borco, meio afundado na água escura.

E, como elas não sabiam o que era, atiravam pedras apostando quem acertava mais vezes.

No velório, apesar de ferida, a pobre mãe mostrou o tempo todo a suave expressão de paz encontrada. E uma sombra de sorriso triste.

Mas tão triste, que antes não sorrisse.

O Estripador

No sábado, pelas cinco da tarde, a moça voltava da Igreja Adventista Filhos de Jesus. Pouco antes da casa da patroa, viu o tipo mal-encarado. Correndinha atravessou a rua.

A casa tem muros altos e um pequeno corredor na entrada. Com a chave na mão, diante da porta, foi alcançada pelo cara, que lhe encostou uma faca na cintura:

— Nem um pio. Que eu te furo!

Um dia frio, ela estava de jaqueta, mesmo assim doeu fininho. O cara apertou mais a arma:

— É um assalto. Dá a bolsa.

Ela estendeu a pobre bolsa: sete reais em notas e moedas. O tipo achou pouco.

Graças a Deus, vinha um casal na sua direção.

— Bem quieta, você. Feche a bolsa.

Daí passou o caminhão do lixo. Ela tentou fazer um sinal. O cara percebeu e, cutucando o punhal:

— Olha pra cá.

Disfarçando, ele acenou para o lixeiro, pendurado ali no estribo:

— Oi, tudo bem?

Em seguida surgiu um ônibus amarelão. Ele ignorou. À espera do seguinte, no sentido bairro. Voz forte e grossa:

— Você vem comigo. Ou te sangro aqui mesmo!

Suplicante, ela retorcia as mãos:

— Sou a babá do menino. Ele está doentinho. Precisa de mim.

Girava no dedo o anel: confessar que era noiva?

Em pânico, obrigada a subir com ele no ônibus. Perna trêmula, abriu a boca para gritar... E tinha perdido a voz. Da boca aberta nadinha de som.

Mas o seu coração dava berros.

Ficaram de pé. Ela sentia a faca ali furando a jaqueta nova de couro. No terceiro ponto, ele tocou a campainha. Os dois desceram.

Andaram duas quadras. Ele viu o terreno baldio. Lá nos fundos, uma e outra casa. Ainda era dia claro:

— Não. Aqui, não.

O tempo inteiro rezava muda. Todas as preces numa só palavra — Jesus. Entregou a alma ao Filho e ao Pai.

Ele caminhava depressa. Agarrava-a com força pelo braço. Outro terreno vazio. Só uma casa de porta e janelas fechadas. Assim que avançaram, a luz da varanda foi acesa. Ele bateu em retirada.

Mais um terreno com pessoas nas casas. Ele continuou a busca.

Lá adiante:

— É aqui.

Tudo deserto. Noitinha. Um barraco sem ninguém.

Até então, fé e esperança haviam-na amparado. Caiu em desespero.

— Tire a roupa.

Ela não queria. Fechou bem as pernas. Ele ergueu a lâmina e rasgou a manga do blusão.

— Pra mim, matar é fácil. Escolha.

A moça tremia toda. Chorava muito. De joelho e mão posta:

— Tenha dó. Em nome de Jesus Cristinho. Leve a bolsa e a jaqueta. Por favor. Só me deixe ir.

Pensa que teve dó, o bruto? Daí ela foi obrigada. Tanta confusão, a pobre tinha andado pra cá pra lá, sem parar. Assim cansada, onde as forças de lutar e se defender?

E fez com ela o que bem quis. Fez isso.

— Os dentes, não. Sem os dentes, sua...

Mais isso.

— Abra. Mais. Senão eu...

Rasgou e rebentou. Uma brasa viva entre as pernas. Mais aquilo.

— Se vire. Não. Assim.

Estripou. A coitada que, virgem, se guardava para o noivo, cuja vida era de casa para a igreja e da igreja para casa.

Só a deixou depois de toda ensangüentada. Foi de tal violência. Aproveitou o mais que pôde. Uma carnificina.

Já era noite. Mas tinha gente passando ao longe. Um casal de conversa lá na rua. Se ela gritasse, alguém devia escutar e acudir. O bandido adivinhou na hora:

— Nem pense nisso!

E espetando a maldita faca no peito nu:

— Quer ver sangue?

Sem ela esperar, começou tudo outra vez. O tipo se serviu bem direitinho. Ainda mais ferida e machucada.

Um carro parou adiante na rua. Faróis apagados. Ele achou perigoso. Mandou que ela se vestisse.

Já arrumados, o cara bem sério:

— Abra o Livro no Salmo 130.

Tal o espanto, a moça ergueu os olhos. E primeira vez viu quem era: grandão, meio gordo, bigodão negro.

Certo que abriu a Bíblia, mas você tem voz? Nem ela, ainda mais no escuro. Ele então buscou a sua no bolso, pequena sim. Ao clarão da lua, movia os lábios, sem palavras — estava lendo ou sabia-o de cor?

Disse que também era evangélico. Abandonado em criança pela mãe. E, depois de casado, pela Maria — a única de quem gostou. O amor, essa coisa, sabe como é. Todas as mulheres eram vagabundas. Ele disse outra palavra. Para se vingar, caçava as moças na rua. Se não fosse ela, tinha sido outra. Às vezes, atacava duas no mesmo dia.

— Não tenho nada a perder.

Foram andando a par. Já não a tocava. De repente:

— Agora vá.

Devia ficar contente por deixá-la viva. E agradecida ao Menino Jesus, podia ter sido pior.

— Não olhe pra trás.

A pobrinha chegou em casa pelas onze e meia da noite. Arrastava os pés, toda torta e gemente. Sangrando pelos nove orifícios do corpo.

Trazia o relógio de pulso e o anel de noiva. Por eles o tipo não se interessou. Só pelo dinheiro. Achou pouco sete reais. Mas levou assim mesmo.

Foram umas três semanas até sarar das rupturas, lesões e remendos. Não sabe ainda a resposta do exame para aids e hepatite.

A patroa não a quis mais de babá. O noivo, esse? Sumiu. Está custoso achar novo emprego. E nunca pôde reler o Salmo 130. Quando chega a sua vez, fecha os olhos e salta a página.

Dá uivos, meu coração nu. Esse bigodão negro e a golfada de fel e cinza na boca.

Do Salmo 130 se livrou.

E como evitar a hora fatídica das cinco da tarde? Que se repete, sem falta. O dia inteiro são sempre cinco da tarde. Cinco horas paradas no seu reloginho de pulso.

Os ferimentos cicatrizaram, é verdade. Mas nunca ficou boa. E nunca mais foi a mesma.

Rita Ritinha Ritona

Aos 13 anos, Ritinha floriu numa orgia de beleza. Toda graças e prendas. Foi um susto na família. Um espanto entre as amigas. Uma surpresa a cada desconhecido.

À sua passagem, os cãezinhos a passeio presos na coleira davam duplos saltos-mortais de alegria. Nas janelas os vasinhos de violeta batiam palmas para lhe chamar a atenção. As pedras mudavam de lugar na calçada, cada uma disputando o afago do seu pezinho. Os semáforos se acendiam em onda verde, não atrasá-la caminho da escola. Um bando de garças voou lá do Passeio Público para vê-la.

Desde menina dançou balé, estudou inglês, atirou-se do trampolim mais alto na piscina. Tinha seu próprio quarto, com tevê e computador. Cartazes de Paul McCartney e *O beijo*, de Klimt. Uma foto do selvagem Brando.

Aos 15 anos, de um dia para outro, segundo susto, novo espanto, maior surpresa. No seu corpo aconteceu um milagre da natureza: ó delírio de curvas, doçuras e delícias!

Ao vê-la da primeira vez, você logo suspirava: *Ai, Rita, meu amor!* De joelho e mãozinha posta. Igual se deslumbrou diante do mar nunca visto — as grandes ondas rebolantes desse mar de olhos verdes, despenteando ao vento as longas melenas loiras de espuma. E, tocado de tal assombro, gemerá para sempre: *Ai, Ritinha, Rita, Ritona!*

Para ela, cada dia era uma festa. O telefone da casa nunca mais parava de tocar. Um namorado novo toda semana, às vezes dois ao mesmo tempo. Nunca chegava sozinha e sim num arrastão de amigas, tagarelando e rindo — alarido festivo de baitacas em revoada.

Ao seu lado, todas ficavam feias e pálidas. Perturbada com o próprio esplendor, buscou em vão esconder a beleza e exagerava no disfarce. Setenta e sete tipos diversos de brincos. Correntinha no tornozelo. Mil cores de batom para combinar com a roupa. Unhas também coloridas, miniatura em cada uma. Um armário de minissaias.

Nas temporadas de praia, Rita namorou quanto banhista possível. O vizinho tinha gêmeos. Num verão foi um dos irmãos; no seguinte, o outro. Resistir, quem podia? Estrela rósea do mar, em quatro modelos de biquíni. Chapéus, cangas, sandálias. Mil presilhas e elásticos no cabelo. Arsenal devastador para uma jovem matadora de corações.

Foi a todas as festinhas consentidas pelo catolicismo dos pais — e sem permissão a outras tantas. Sob a mansa beleza, não se iluda: uma leoa rondava lá dentro. Às proibições sempre injustas, segundo ela, reagia com violência, aos gritos. Ai de quem a enfrentasse:

— Não pode, mocinha. Papai não deixa. Deus não quer.

Os grandes olhos verdes trovejavam raios. Na seqüência de argumentos, Ritona era fulminante:

— Que é que tem de mais?

Agressiva:

— A vida é uma só.

Vencendo definitiva a discussão:

— Eu não pedi para nascer.

Na celebração dos 16 anos, disputada pelo bando de amigas (do colégio, do inglês, do balé, da igreja, da vizinhança) e pelos ex, atuais e futuros namorados. Rita afirmou o seu direito a tudo: banda ao vivo, o vestido decotado, cabelo e maquiagem de mulher. Valsa com o pai, o avô, o irmão e o amigo mais íntimo. Mil damas de honra, cada uma com uma rosa na mão — ela a rainha única da festa.

Foi a sua última festa.

Pouco depois conheceu o José. Não sei onde nem como. Suponho que em algum evento de jovens ecumênicos, porque ele é calvinista. As igrejas gostam de promover atividades esportivas e culturais para adolescentes e jovens. Em todo caso, não sei. Só que, ao vê-lo, Rita sentiu no peito doendo fininho sete alfinetes de fogo.

Ele foi a sua ruína. Quando começou, ninguém se apercebeu — apenas mais um de uma longa lista. Após dois, três meses, começaram a ficar impressionados. Tomara juízo afinal e assentava a cabecinha naquela sucessão frenética de casos?

Passado meio ano, a família decidiu reparar no rapaz e descobrir o que a filha via nele. Até então, o José aparecia uma e outra vez em algum aniversário. Mais não fazia que cumprimentar de longe. Quieto no seu canto, com ninguém falava. Opinião unânime: bonito não era. Nem interessante ou divertido. Porte atlético? Nunquinha: magrelo e esquálido. Ao aparecer de calção na praia, verificaram que as pernas, além de cabeludas, eram cambaias. Quais podiam ser os seus atrativos secretos?

A essa ausência deles, Ritinha respondia com olhos submissos e alumbrados — bem suspeitaram fosse presa de algum feitiço. Era a mesma rebelde que despedia os pretendentes com enfado e arrogância? Até a vez dele fora tão louca, festeira, prepotente. E a família aceitou aliviada aquele namoro exclusivo. Por isso custaram a notar as pequenas mudanças no seu comportamento.

A maquiagem foi aos poucos sumindo, ao José não agradava. Batom vermelho-fogo nunca mais. As saias aumentaram, agora mais compridas que as da mãe, abaixo do joelho. Salto alto nem pensar, ficava um tantinho maior que ele. Das amigas foi se afastando, uma a uma. Para o José, esta era muito exibida. Aquela, má companhia. Uma terceira, invejosa.

Às festas só podia ir com ele. E como ele não era de festa... As bijuterias, correntinhas, brincos, deu à irmã caçula. E, para consternação da família, surgiu na praia — oh, não — de maiô preto inteiriço. (Lá de longe eis que vinham as pequenas ondas, uma atropelando a outra, na ânsia de ser a primeira a beijar em flores de espuma os seus róseos pezinhos.)

Desgosto da mãe: começou a freqüentar o culto calvinista. Desespero do pai: desistiu do inglês. Na reunião urgente da família, Ritona se defendeu com a antiga ferocidade. Os pobres pais reconheceram desiludidos que tudo era inútil: proibição de sair, mesada reduzida, ameaça, sermão e lágrimas. Uma só concessão ela fez: concluir a graduação do inglês.

Já que ela não saía, o José passou a freqüentar diariamente a casa. Quanto ao inglês, estudavam juntos — e o que podiam agora os pais alegar? No caso de festa muito especial (um grupo do colégio, uma amiga, um clube), o distinto se recusava a ir. A guerreira adormecida se insurgia, pronta a desafiá-lo. No início conciliadora, pedia e suplicava. Afinal:

— Então vou sozinha.

— Pode ir — ele não discutia. — Só que está acabado. Entre nós tudo acabou.

Covardemente, a leoa já lambia a mão com o chicote.

Às vezes iam ao cinema. Ele esperando na sala. Ela chegava lindíssima, a cabeleira de fogo e mel, o vestido vermelho novo — os seios de cornucópia à vista com todos os frutos da terra.

— Ah, não. Esta saia é muito curta.

— Com você assim eu não saio.

— E esse cabelo? Não tem escova?

Nunca um elogio. Ritinha voltava chorando ao quarto. Calada, trocava de roupa. E acabavam não saindo.

Passados um, dois anos, a família odiava o nosso maniqueísta da saia curta, o discípulo fariseu de Calvino, o capeta de bigodinho que roubava da garota o riso, a luz, o verde dos olhos. Então era tarde: ela fez 18 anos. Agora maior e senhora do seu destino.

José vem todo dia jantar na casa. Filho único de uma viúva de militar, da qual tem vergonha e mantém escondida. Rita enfeita o seu lugar à mesa: todos os quitutes ao alcance da mão. Ai, o patê de salmão que o tipo gosta. O presunto cru que o fulano gosta. O queijo fresco que o tal gosta.

A família mal o tolera. Às vezes retiram-se antes dele chegar. Ao distinto (evitam pronunciar o seu nome) é indiferente, serve-se com o apetite de sempre. Não conversa. Você só escuta a voz amorosa de Ritinha:

— Hoje na aula de Anatomia...

— Estou pensando se você...

— Que tal o tempero, amor?

— Aceita mais um pouquinho de...

Foi então que aconteceu. No seu monólogo se referiu quem sabe a algum novo passo de dança. Ele acabou de comer, cruzou os talheres e decidiu o fim do balé. A moça não podia acreditar:

— É o que faço desde pequena!

— Bem por isso. Já foi bastante.

— O que mais adoro!

— Mais que a mim?

— Não... não...

Agora é demais. O tirano se desmanda no seu poder absoluto. Uma tragédia para ela. Um escândalo para a família, que exulta: chegou a hora da verdade. Sem falar, Rita se recolhe ao quarto — todos à espera do rugido da leoa.

Dois, três dias ele não voltou. A guria chorando trancada no quarto. Ao anunciar enfim que desiste do balé, duramente criticada.

— Quem acha esse tipinho que é?

Ela, uma rainha de Sabá. Ele, um caniço de pernas tortas. Tudo a moça ouve, cabecinha baixa, sem sorrir.

À noite, quem estava lá, se deliciando com o patê e o presunto? Entre beijos gulosos de uma canarinha à sua volta trinando feliz. O amor, essa coisa, sabe como é.

O pai resolve, em desespero, enfrentar o carinha: aos 20 anos, sem emprego fixo, é dependente da mãe, da qual ganha uma pequena mesada.

— Olhe aqui, mocinho. Veja esta casa. Veja a vida que tem a Rita. Acha que pode lhe oferecer as mesmas regalias?

— A gente não precisa de dinheiro. A gente se ama. É isso que importa pra gente.

— Só que o amor não paga as contas.

— O senhor diz isso porque vive no luxo.

— Ah, é? Luxo que você bem desfruta.

— É só falar. A gente não pisa mais aqui, não.

Interrompidos por um grito de súplica e dor:

— Pai!

O velho baixa o tom da voz:

— Não foi o que eu... Mas pense no teu futuro, moço.

Na primeira oportunidade, em breve ausência da moça, torna ao ataque:

— Você não é marido para a minha filha.

— Quem tem de dizer é só ela. Mais ninguém.

A mãe receia que as discussões provoquem a antecipação do casamento. Sua esperança é de Rita se interessar, nos dois anos finais de faculdade, por algum colega ou médico do hospital. Pouco importa católico ou luterano — basta não seja o abominável fulaninho.

Para aflição geral não é que a garota fala em casar? E, duplo desgosto, na Igreja Calvinista. A família se une em vã tentativa de dissuadi-la. Nenhum de nós o aprecia. Os que não odeiam, mal o toleram.

José continua impávido no seu silêncio. Toda noite, senta-se à mesa e come até se fartar. Ainda esquálido e magro. Na falta do balé, quem engorda é a nossa Ritinha. Mais linda nas curvas mais sinuosas. Um tantinho triste. E nela mesmo a tristeza lhe assenta bem.

Os viajantes de longes terras, ao falarem da nossa cidade anos depois, se lembrarão apenas — ó alegria para sempre! — da garota sem nome, vislumbrada alguns instantes, caminhando por entre as nuvens, no seu vestidinho branco de verão.

Se você lhe pergunta:

— Rita, meu amor, vamos ao cinema?

Ou:

— À casa da Paula?

Ou ainda:

— Às compras no *shopping*?

A cada vez, Rita, Ritinha, Ritona se agita. Pessegueiro em flor pipilante de pintassilgos. Oh, não, olha para o tipo... Que simplesmente franze a testa.

Ela deixa a tua pergunta sem resposta. Faz um gesto indiferente. E, diante da janela, se põe a falar do sol que brilha ou da chuva que cai.

Este livro foi composto na tipologia
Minion, em corpo 13/19, e impresso em
papel Offset 90g/m² no Sistema Cameron
da Divisão Gráfica da Distribuidora Record.